不一樣的
小偉與如如

徐瑋均、秦郁涵　文
徐瑋均、李宏鎰　圖

我ㄨˇ是ˋ好ㄏㄠˇ動ㄉㄨㄥˋ的ㄉㄜ˙小ㄒㄧㄠˇ偉ㄨㄟˇ

我ㄨㄛˇ是ㄕˋ愛ㄞˋ做ㄗㄨㄛˋ白ㄅㄞˊ日ㄖˋ夢ㄇㄥˋ的ㄉㄜ˙如ㄖㄨˊ如ㄖㄨˊ

我常常動來動去

也ㄧㄝˇ常ㄔㄤˊ常ㄔㄤˊ靜ㄐㄧㄥˋ靜ㄐㄧㄥˋ
的ㄉㄜ˙坐ㄗㄨㄛˋ著ㄓㄜ˙發ㄈㄚ呆ㄉㄞ

我ㄨㄛˇ喜ㄒㄧˇ歡ㄏㄨㄢ做ㄗㄨㄛˋ白ㄅㄞˊ日ㄖˋ夢ㄇㄥˋ

也_{ㄧㄝˇ}很_{ㄏㄣˇ}有_{ㄧㄡˇ}好_{ㄏㄠˇ}奇_{ㄑㄧˊ}心_{ㄒㄧㄣ}

我們喜歡看故事書

也_{ㄧㄝˇ}喜_{ㄒㄧˇ}歡_{ㄏㄨㄢ}做_{ㄗㄨㄛˋ}勞_{ㄌㄠˊ}作_{ㄗㄨㄛˋ}

我們總是話很多

也_{ㄝˇ}總_{ㄗㄨㄥˇ}是_{ㄕˋ}迷_{ㄇㄧˊ}迷_{ㄇㄧˊ}糊_{ㄏㄨˊ}糊_{ㄏㄨˊ}

我們沒辦法把環境維持乾淨

也ㄧㄝˇ總ㄗㄨㄥˇ是ㄕˋ沒ㄇㄟˊ辦ㄅㄢˋ法ㄈㄚˇ專ㄓㄨㄢ心ㄒㄧㄣ

我們總是不知道別人為什麼生氣

鋤頭

石頭

也常常聽不懂別人說的話

有時候真的不懂別人在想什麼

好_{ㄏㄠˇ}想_{ㄒㄧㄤˇ}打_{ㄉㄚˇ}開_{ㄎㄞ}他_{ㄊㄚ}們_{ㄇㄣˊ}的_{ㄉㄜ˙}腦_{ㄋㄠˇ}袋_{ㄉㄞˋ}來_{ㄌㄞˊ}看_{ㄎㄢˋ}一_ㄧ一_ㄧ看_{ㄎㄢˋ}

老師說我是壞小孩

媽ㄇㄚ媽ㄇㄚ說ㄕㄨㄛ我ㄨㄛ是ㄕ懶ㄌㄢ小ㄒㄧㄠ孩ㄏㄞ

爸ㄅㄚˋ爸ㄅㄚ˙不ㄅㄨˋ喜ㄒㄧˇ歡ㄏㄨㄢ我ㄨㄛˇ

小朋友都不跟我玩

但是，　自從我去看了醫生

上_{ㄕㄤ}了_{ㄌㄜ}特_{ㄊㄜ}別_{ㄅㄧㄝ}班_{ㄅㄢ}之_ㄓ後_{ㄏㄡ}

我 ㄨㄛˇ 變 ㄅㄧㄢˋ 了 ㄌㄜ˙

我ㄨㄛˇ上ㄕㄤˋ課ㄎㄜˋ變ㄅㄧㄢˋ專ㄓㄨㄢ心ㄒㄧㄣ了ㄌㄜ

老師說我是乖小孩

作ㄗㄨㄛˋ業ㄧㄝˋ很ㄏㄣˇ快ㄎㄨㄞˋ就ㄐㄧㄡˋ寫ㄒㄧㄝˇ完ㄨㄢˊ

媽ㄇㄚ媽ㄇㄚ說ㄕㄨㄛ我ㄨㄛ很ㄏㄣ棒ㄅㄤ

不ㄅㄨ再ㄗㄞˋ嘰ㄐㄧ哩ㄌㄧˊ呱ㄍㄨㄚ啦ㄌㄚˋ說ㄕㄨㄛ個ㄍㄜˋ不ㄅㄨ停ㄊㄧㄥˊ

爸ㄅㄚˋ爸ㄅㄚˋ說ㄕㄨㄛ我ㄨㄛˇ長ㄓㄤˇ大ㄉㄚˋ了ㄌㄜ˙

小_{ㄒㄧㄠˇ}朋_{ㄆㄥˊ}友_{ㄧㄡˇ}都_{ㄉㄡ}喜_{ㄒㄧˇ}歡_{ㄏㄨㄢ}跟_{ㄍㄣ}我_{ㄨㄛˇ}玩_{ㄨㄢˊ}

我ㄨㄛˇ喜ㄒㄧˇ歡ㄏㄨㄢ現ㄒㄧㄢˋ在ㄗㄞˋ的ㄉㄜˊ自ㄗˋ己ㄐㄧˇ

導 讀

中山醫學大學心理學系李宏鎰教授兼系主任

　　這繪本的發想人：徐瑋均與秦郁涵，都是注意力缺陷過動症（Attention Deficit Hyperactivity Disorder，簡稱ADHD）患者，也就是俗稱的過動兒。她們都在求學過程中，被ADHD症狀困擾著，至今仍是。但是，她們倆都很坦然地面對自己的問題，想盡辦法對付它們，甚至更進一步幫助跟她們一樣的ADHD孩子。除了接受媒體採訪，不斷公開分享自己的經驗之外，她們也加入「台灣赤子心過動症協會」成為志工，在協會舉辦活動時，在旁帶領ADHD的孩子從事各類活動，讓父母可以安心聽研習。而她們帶領的活動之一，就是用自編的這本繪本，講述ADHD的行為症狀，讓ADHD的孩子了解自己。過程中，也會與孩子一起創造自己的繪本，大家玩得很開心。這是相當好的教學或輔導活動，因為行為改變來自「自我覺察」（self-aware），唯有深刻地認識自身的限制，才有改變的動力，才有改善的可能，即較能在之後的認知復健過程中有所進步。而且，大部分的ADHD孩子都喜歡閱讀課外書，也都喜歡做勞作，所以採用「讀繪本、做勞作」的方式，很能被ADHD孩子所接受，教學就有效果。於是，我傾全力將繪本落實下來。

　　此繪本介紹了幾個典型的過動兒症狀，希望可以促使ADHD孩子自我覺察。過動兒常看不到自己的缺點，對本身的症狀及行為後果沒有多大感受，因此沒有改變的動機，即使給予更多的注意力訓練或是心理治療，也不見得能產生多少改變。因此，希望特教班老師可以藉由與ADHD孩子一起閱讀本書及討論，促使過動兒對自身有更深的了解，啟動他想要改變的動機。為了更確實的達到此目的，書末還附有閱讀學習單，可以列印給學生填寫。共有五張學習單

可參考，學習單1、2是要求小朋友將書中主角的行為跟自己的行為做比較，達到初步的自我覺察。學習單3、4則是希望小朋友可以更進一步反思自己平時發呆的內容為何，同時讓老師或家長也可以藉這四張基本的學習單，了解學生或孩子的外顯行為及內隱興趣，通常孩子發呆的內容都是那個時期他最想要做的事。最後的學習單5只是為了增加閱讀樂趣，讓孩子動一動注意力，找一找不一樣的地方。當然，這些學習單只是拋磚引玉的例子，老師或家長可以集思廣益構想出更多元的學習單，就更能幫助孩子了。

本書的次要目的是希望可以增加一般孩童對過動兒的認識，進而減少孩子間不必要的衝突。當我們對周遭的人有更寬廣的認識之後，我們的心胸也會隨之變得更包容。如果一般的孩子了解到有的人真的就是比較好動，比較容易發呆，比較不能維持整齊，比較愛講話，那他是需要協助的，我們可以請老師幫忙他，也可以在平時多提醒他，而不是笑他、捉弄他。如果他需要去上資源班，也是件很正常的事。

最後，感謝心理出版社的大力支持，讓這繪本出版。希望讀者可以欣賞及鼓勵這兩位ADHD大孩子為過動兒所做的努力，讓她們可以繼續快樂地貢獻下去。我總是可以在這「很手工」的構圖及色彩裡，看到最樸實、最有人味的部分，希望你們也是。

👑 閱讀學習單1：喜歡做什麼？

☆＿＿年＿＿班　姓名：＿＿＿＿＿＿＿＿

　　請依照書中的內容，回答以下問題：

1. 小偉喜歡做什麼？請打∨。

　□ 動來動去　　□ 做白日夢　　□ 發呆　　□ 看故事書
　□ 畫畫　　　　□ 做勞作　　　□ 講話

2. 如如喜歡做什麼？請打∨。

　□ 動來動去　　□ 做白日夢　　□ 發呆　　□ 看故事書
　□ 畫畫　　　　□ 做勞作　　　□ 講話

3. 你有沒有喜歡做跟小偉或如如一樣的事？請畫下來。

＿＿＿＿＿＿＿＿＿＿＿＿＿＿＿＿＿＿＿＿＿＿＿＿＿＿＿

教師評語：＿＿＿＿＿＿＿＿＿＿＿＿＿＿＿＿＿＿＿＿＿＿＿

家長簽名：＿＿＿＿＿＿＿＿＿＿＿＿＿＿

👑 閱讀學習單2：讓爸媽生氣了？

☆＿＿年＿＿班　姓名：＿＿＿＿＿＿＿＿

請依照書中的內容，回答以下問題：

1. 小偉做了什麼事讓爸爸生氣了？ 請打∨。

　　□ 動來動去　□ 話很多　□ 迷迷糊糊　□ 不能維持乾淨
　　□ 不能專心

2. 如如做了什麼事讓媽媽生氣了？ 請打∨。

　　□ 動來動去　□ 話很多　□ 迷迷糊糊　□ 不能維持乾淨
　　□ 不能專心

3. 你有沒有做跟小偉或如如一樣的事？ 請畫下來。

教師評語：＿＿＿＿＿＿＿＿＿＿＿＿＿＿＿＿＿＿＿＿＿＿＿＿

家長簽名：＿＿＿＿＿＿＿＿＿＿＿＿＿＿＿

☆____年____班　姓名：_____

※　你(ㄋㄧˇ)發(ㄈㄚ)呆(ㄉㄞ)時(ㄕˊ)想(ㄒㄧㄤˇ)什(ㄕㄣˊ)麼(ㄇㄜ˙)？　把(ㄅㄚˇ)它(ㄊㄚ)畫(ㄏㄨㄚˋ)出(ㄔㄨ)來(ㄌㄞˊ)。

教(ㄐㄧㄠ)師(ㄕ)評(ㄆㄧㄥˊ)語(ㄩˇ)：_____

家(ㄐㄧㄚ)長(ㄓㄤˇ)簽(ㄑㄧㄢ)名(ㄇㄧㄥˊ)：_____

閱讀學習單 4

☆____年____班　姓名：_____

※ 你發呆時想什麼？ 把它畫出來。

教師評語：_____

家長簽名：_____

閱讀學習單5：
找一找，哪裡不一樣？

☆＿＿年＿＿班　姓名：＿＿＿＿＿＿＿＿＿